la co

D0174123

Les éditions de la courte échelle inc.

Joceline Sanschagrin

Citadine dans l'âme, mais amateure de calme et d'air pur, Joceline Sanschagrin partage sa vie entre la ville et la campagne. Peut-être à cause de ce besoin constant de bouger, de découvrir et d'apprendre, elle explore très tôt le monde des communications, domaine qu'elle fréquente toujours avec plaisir.

Animatrice, chroniqueure et recherchiste pour la télévision et la radio, elle travaille depuis 1991 à l'émission *275-Allô*, une tribune téléphonique pour les jeunes de 6 à 12 ans diffusée à la radio de Radio-Canada. Elle a collaboré comme journaliste pigiste à plusieurs revues et journaux, fait du théâtre pour enfants dans les écoles et écrit des romans pour les jeunes, dont *La fille aux cheveux rouges*, finaliste du prix du Gouverneur général du Canada en 1989. *Le cercle des magiciens* est le cinquième roman qu'elle publie à la courte échelle.

Pierre Pratt

Montréal, Toronto, puis Paris, Londres, Barcelone et Tokyo... Grâce à ses illustrations, Pierre Pratt a littéralement parcouru le monde entier. Et s'il a accordé à Lisbonne sa préférence, c'est sans doute à cause de sa gamme de couleurs vives et de tons chauds.

Partout on reconnaît son coup de crayon particulier, dans les dizaines de livres qu'il a illustrés et les affiches qu'il conçoit. Pierre Pratt a obtenu le prix du Gouverneur général et le prix du livre M. Christie, ainsi que plusieurs autres distinctions internationales, dont le prix Unicef de la Foire du Livre de Bologne.

Pierre Pratt est aussi mélomane: en plus de jouer de l'accordéon, il est friand de jazz, d'airs tziganes et, évidemment, de fado portugais. *Le cercle des magiciens* est le cinquième roman qu'il illustre à la courte échelle.

De la même auteure, à la courte échelle

Collection Roman Jeunesse

Joceline Sanschagrin
LE CERCLE DES MAGICIENS

Illustrations
de Pierre Pratt

la courte échelle
Les éditions de la courte échelle inc.

Les éditions de la courte échelle inc.
5243, boul. Saint-Laurent
Montréal (Québec) H2T 1S4

Conception graphique:
Derome design inc.

Révision des textes:
Lise Duquette

Dépôt légal, 3e trimestre 1998
Bibliothèque nationale du Québec

La courte échelle bénéficie de l'aide du ministère du Patrimoine cana-
dien dans le cadre de son programme d'Aide au développement de
l'industrie de l'édition. La courte échelle est aussi inscrite au programme
de subvention globale du Conseil des Arts du Canada et bénéficie de
l'appui du gouvernement du Québec par l'intermédiaire de la SODEC.

Données de catalogage avant publication (Canada)

Sanschagrin, Joceline

    Le cercle des magiciens

    (Roman Jeunesse; RJ78)

    ISBN: 2-89021-334-X

    I. Pratt, Pierre. II. Titre. III. Collection.

PS8587.A373C47   1998   jC843'.54   C98-940670-9
PS9587.A373C47   1998
PZ23.S26Ce   1998

Chapitre I
La Cité de verre

Wondeur tire le sabre d'argent de son fourreau:

— Swoutche!

Le tranchant de la lame luit au soleil. La chevelure rouge de Wondeur flamboie dans la lumière du matin.

Sabre au poing, la jeune guerrière traverse la salle ronde du phare. Elle passe devant une table couverte d'une nappe de dentelle. On y a mis des fruits, des fleurs fraîchement coupées. Un bâtonnet d'encens fume et répand son parfum.

L'air calme et déterminé, Wondeur se dirige vers son père, le Karatéka. Debout au milieu du phare, l'homme porte une tunique blanche et un ceinturon noir. Il est armé d'un sabre lui aussi.

Le père et la fille sont pieds nus. Face à face, impassibles, ils se regardent. Le Karatéka incline le buste et salue respectueusement son adversaire. Wondeur rend la salutation.

Les deux guerriers lèvent leurs épées à la hauteur du visage. Le Karatéka ouvre le combat et coupe à l'horizontale.

Wondeur pare facilement le premier coup.

Les combattants exécutent une série d'exercices qu'ils connaissent par coeur. Ils manient les armes selon une très ancienne tradition. Jambes écartées, genoux fléchis, ils avancent et reculent en glissant les pieds. Chaque mouvement est d'une extrême précision.

Le Karatéka prend la «position du feu» et lève sa lame très haut au-dessus de sa tête. Avec force, il porte le coup à gauche.

Wondeur rate sa parade et le sabre lui échappe des mains:

— Sorte d'affaire...

Sous le regard sévère du Karatéka, la jeune guerrière récupère l'arme aussitôt. Empoignant le sabre à deux mains, elle se concentre quelques secondes. D'un signe de tête, elle indique qu'elle reprend le combat.

Le Karatéka enchaîne et coupe dans huit directions. Sept fois, les lames fendent l'air, se frappent et se croisent.

Mais ce matin-là, Wondeur s'essouffle. Ses réflexes sont mauvais et les coups arrivent trop tôt. Le Karatéka coupe une huitième et dernière fois. Son adversaire perd son arme de nouveau.

Wondeur se penche pour récupérer le sabre. Le Karatéka pose le pied dessus.

Surprise, la jeune guerrière se redresse. Le maître de karaté observe:

— Ma fille, je ne te reconnais plus...

La fille aux cheveux rouges soupire et baisse les yeux. Elle pense:

«Il faut que je lui parle... J'ai déjà trop attendu...»

***

Assis en tailleur, le père et la fille se taisent.

Du revers de la main, Wondeur essuie une goutte de sueur qui lui perle au bout du nez. Elle repousse les mèches de cheveux rouges qui lui collent aux tempes.

La jeune guerrière parcourt la salle ronde des yeux. Elle admire les bannières orange et turquoise qui pendent du plafond, des bannières bordées de franges et décorées d'idéogrammes.

Wondeur aime ce phare où elle a retrouvé son père mystérieusement disparu quand elle était bébé. Depuis leurs retrouvailles, le Karatéka et sa fille ne se quittent plus. Ils essaient de rattraper le temps perdu.

Guidée par son père, Wondeur s'entraîne aux arts martiaux tous les jours. Elle devient une excellente guerrière. Au dojo du phare, le Karatéka forme les meilleurs élèves du pays. Mais c'est de sa fille qu'il est le plus fier.

Les mains posées sur les genoux, le maître attend patiemment que Wondeur se confie. Bravement, la jeune guerrière entreprend son récit:

— Depuis plusieurs mois, je fais toujours le même rêve...

Le Karatéka porte son regard au loin, par la fenêtre. La fille aux cheveux rouges poursuit:

— Nuit après nuit, une femme très belle m'apparaît... et prononce chaque fois les mêmes paroles: «Fille aux cheveux rouges, je peux te redonner tes pouvoirs...»

Dans le visage du maître de karaté, des rides se creusent. L'homme n'a pas vu grandir sa fille, mais le récit de ses aventures l'a convaincu: Wondeur est un être à

12

part. Exceptionnellement courageuse, elle possède d'étranges pouvoirs qu'elle dit avoir perdus.

Le Karatéka se rappelle les épisodes de la longue quête de Wondeur pour le retrouver: sa chute en plein vol... son séjour dans la ville où les enfants vivaient dans des caves... sa rencontre avec le crabe au Quai des brumes... son séjour dans la ville dépotoir où elle a fomenté une révolte... Des aventures que Wondeur a traversées au péril de sa vie.

Un silence lourd s'est installé dans le phare. Le Karatéka appréhende la suite des révélations de sa fille. Le visage grave, Wondeur explique:

— Deviner ce qui va arriver... Me rendre invisible... J'ai perdu ces pouvoirs et je m'en passe facilement...

Les deux guerriers évitent de se regarder. La voix de Wondeur tremble quand finalement elle dévoile:

— Mais... m'élever au-dessus du sol et perdre ma pesanteur... Sentir l'air glisser sur ma peau et frôler les oiseaux... Planer paisiblement dans l'azur... Le pouvoir de voler me manque terriblement.

Le maître de karaté examine Wondeur à

14

la dérobée. Il connaît déjà ses intentions.

— Je crois que la femme qui m'apparaît en rêve existe. Je veux la rencontrer pour qu'elle me redonne le pouvoir de voler.

Le Karatéka reste de marbre. Seule sa pomme d'Adam, qui monte et redescend, trahit son trouble. D'une voix rauque, il conclut:

— Tu vas t'en aller...

À ces mots, le coeur de Wondeur chavire:

— Je vous ai tellement cherché... Jamais je n'ai pensé qu'un jour je pourrais vous quitter...

Le Karatéka esquisse un pauvre sourire. Il attire Wondeur contre lui et la serre longuement dans ses bras. Il la rassure:

— Tu dois suivre ta route, même si elle te semble difficile. Tu seras toujours ma fille, ma fille aux cheveux rouges...

Puis le père s'écarte et prend Wondeur par les épaules:

— Jure-moi de me donner des nouvelles!

— Juré, promet Wondeur.

Elle essuie les larmes au coin de ses yeux:

— J'emmène Valentino le pigeon. Il sera notre lien et portera nos messages.

Le Karatéka n'est pas rassuré pour autant:

— Cette femme qui t'apparaît en rêve, où crois-tu la trouver?

— Je ne sais pas.

Le maître de karaté fait craquer les jointures de ses doigts. Il se désole:

— Je ne suis qu'un vieux guerrier. J'ignore tout du monde des rêves...

— Vous êtes un guerrier sage et redoutable, un grand maître de karaté, corrige Wondeur.

Impuissant, le père regarde sa fille. Son visage s'éclaire subitement:

— Je connais quelqu'un qui pourra te guider.

***

Le matin est frisquet. Wondeur resserre frileusement les pans de sa cape sur sa combinaison de vol. Blotti au fond d'une des poches, Valentino roucoule.

La fille aux cheveux rouges marche en direction de la Cité de verre. Elle traverse des champs abandonnés et des terrains vagues. Au loin, elle aperçoit déjà les gratte-ciel. Dans le petit jour, des colonnes de fumée montent des tours de cristal.

Wondeur contemple la translucide, la miroitante Cité de verre où le soleil se lève. La vue est féerique, mais la voyageuse n'est pas dupe. Avant son départ, son père l'a mise en garde:

— La Cité de verre est le royaume des magiciens. S'ils sont tous puissants, ils ne sont pas tous sages. Plusieurs ont oublié la raison de leurs pouvoirs. Tu devras t'en méfier, ce sont des charlatans. Ta pratique des arts martiaux te servira. J'ai confiance en toi.

Wondeur hâte le pas. Elle compte atteindre la banlieue de la Cité dans moins d'une heure.

Cheminant vers la ville, elle se remémore ses adieux à ses amis, la veille.

Wondeur avait d'abord longuement serré les mains du guenillou et de la vieille femme. Ses complices de la ville dépotoir lui ont fait une promesse: ils continueront de s'occuper des arbres pendant son absence. Grâce à un engrais miraculeux, inventé par la vieille femme, les arbres guérissent. Leurs feuilles poussent à une

vitesse vertigineuse. La ville dépotoir se métamorphose en jardin.

Le plus difficile pour Wondeur avait été de quitter Moussa. Son fidèle compagnon lui avait tendrement donné l'accolade. Il avait proposé de l'accompagner dans sa nouvelle expédition. À regret, la jeune guerrière avait refusé:

— C'est un voyage que je dois faire seule.

— Reviens vite, avait répondu Moussa.

Le coeur gros, Wondeur soupire. Elle déplie le bout de papier qu'elle tient serré dans la main. Pour la dixième fois depuis son départ, elle relit l'adresse que lui a donnée son père: Faye Labrune, 46, impasse de l'Alligator.

***

Les rues de la Cité de verre forment de longs corridors. Wondeur se tord le cou pour apercevoir le haut des tours. Leurs sommets se touchent presque et ne laissent voir que de minces rubans de ciel:

— Étourdissant...

La fille aux cheveux rouges passe devant des immeubles spectaculaires. Leurs façades sont taillées comme des pierres précieuses monumentales. Wondeur reconnaît les édifices les plus célèbres: l'Iceberg, le Diamant, le Cristal. Elle a souvent vu leur photo dans les journaux.

Les murs miroirs de la Cité reflètent les choses à l'infini. Ils décomposent la lumière en une multitude d'arcs-en-ciel. Les immeubles se mirent les uns dans les autres. Il y brille des milliers de soleils et les cumulus du matin s'y multiplient.

Le spectacle sans cesse changeant de la Cité de verre enchante la voyageuse. Le nez en l'air, elle avance sans regarder où elle va. Elle trébuche sur quelque chose de mou et se tord une cheville.

— Outche!

Wondeur baisse la tête et découvre un spectacle navrant: un oiseau gît à ses pieds. Elle a marché dessus. Elle balaie le trottoir du regard et constate qu'il est jonché des cadavres d'une cinquantaine de passereaux. Elle réalise avec effroi:

— Les reflets des tours sont des pièges mortels pour les oiseaux. Croyant s'élancer vers le ciel, les pauvres bêtes se fracassent contre les murs.

L'endroit s'avère dangereux pour Valentino. La voyageuse s'assure que la poche où se cache le pigeon est bien boutonnée. Puis elle observe les citadins. Indifférents, ils circulent en portant des parasols pour éviter de recevoir des oiseaux sur la tête.

Revenue sur terre, Wondeur considère les gratte-ciel et leurs mirages d'un autre oeil. Le tumulte de la Cité de verre la frappe subitement. Pour ne plus entendre hurler les sirènes des ambulances et klaxonner les automobiles, elle se bouche les oreilles.

Wondeur s'est déjà trop attardée. En criant pour couvrir le vacarme de la circulation, elle interroge les passants. À force d'arracher des bribes d'information, elle déniche finalement l'adresse qu'elle cherchait.

*⁎⁎

Faye Labrune habite une minuscule roulotte de bois coincée entre deux gigantesques tours de verre. Il s'agit d'une remorque rectangulaire avec un toit en pignon et une cheminée. La voiture est montée sur de grandes roues à rayons, comme les chars des westerns.

Wondeur s'approche de la roulotte d'où lui parvient une voix de soprano. La voyageuse monte les marches chambranlantes qui mènent au balcon. Les vocalises s'interrompent aussitôt.

La porte s'ouvre. Une femme vêtue de velours violet se présente. Son teint est foncé, ses épais cheveux bruns lui tombent sur les épaules. Son regard noir et perçant examine Wondeur avec sympathie.

— Vous êtes Faye Labrune?

Les yeux plissés de curiosité, la femme réplique par une autre question:

— Que vient faire une jeune fille comme toi dans une ville pareille?

Sans attendre de réponse, elle prend sa visiteuse par la main et l'entraîne dans la roulotte.

Wondeur est conduite dans un immense salon. Adjacentes au salon se trouvent plusieurs autres salles encore plus spacieuses. L'une d'elles contient un piano à queue et plusieurs sofas. Dans une autre, Wondeur aperçoit un trampoline et, dans une dernière, une longue table de billard.

«Comment une si petite roulotte peut-elle avoir autant de pièces?» se demande la fille aux cheveux rouges.

— Au pays de l'illusion, tout est possible, lance l'hôtesse qui devine les pensées de sa visiteuse.

Au fond du salon, une porte donne sur une cour intérieure. Il y pousse un énorme févier aux branches frangées de feuilles vert doré. Le fond de la cour est tapissé de fougères géantes.

La femme mène Wondeur près d'une fenêtre voilée de tulle. Elle lui tient toujours la main. À la lumière du jour, elle en examine soigneusement la paume et commente:

— Bon sens... courage... générosité... Mes cartes m'avaient annoncé une visite... Je ne l'espérais pas aussi belle...

La femme plonge son regard noir dans celui de Wondeur:

— Je suis Faye Labrune. Je t'aiderai à trouver ce que tu cherches.

Chapitre II
La Forêt des parfums

L'hôtesse assigne une chambre à son invitée. À part un hamac, la pièce est vide. Wondeur dépose ses bagages: sa cape noire et Valentino. Le pigeon se perche sur un des crochets auxquels est suspendu le lit de toile.

Faye Labrune prépare un breuvage chaud parfumé au miel et à la menthe. Les deux femmes s'assoient au salon.

— Comment puis-je t'aider? s'informe la plus âgée.

Wondeur raconte le rêve qui la hante.

— Tu as perdu tes pouvoirs? Comment est-ce arrivé? s'étonne Faye.

— Je ne sais pas exactement. J'étais à la recherche de mon père. Les vents étaient calmes et je volais à haute altitude. Tout à coup, devant, j'ai vu un mur gigantesque. Cette muraille, ce rempart, se perdait dans les nuages. Nulle part, ni à l'est ni à l'ouest, je ne pouvais en apercevoir la fin. Dès que je suis entrée dans l'ombre du mur, j'ai commencé à tomber... J'ai réussi à atterrir de justesse. Quand j'ai voulu décoller de nouveau, je suis restée clouée au sol.

La fille aux cheveux rouges se tient très droite. Elle garde les yeux posés sur ses mains jointes. La voix empreinte de regrets, elle ajoute:

— J'ai essayé de m'envoler des centaines de fois par la suite... Je n'en ai plus jamais été capable.

Faye marmonne, l'air perplexe:

— L'ombre d'un mur? Il faudra que je cherche dans mes livres...

Elle se verse un peu de thé. Elle avale une gorgée du breuvage doré et explique:

— Il existe toutes sortes de pouvoirs. Certains sont plus faciles à maîtriser. Le pouvoir de voler est plutôt rare... il faut que je consulte le Cercle.

— Le Cercle?

Les yeux noirs de Faye étincellent.

— Le Cercle des magiciens. Je suis magicienne... ET TOI AUSSI.

Un éclair fend le salon:

— KETAKOW!!!!!

La foudre secoue le plancher.

Une rafale soulève les jupes de Faye qui se gonflent comme des voiles. Les cheveux rouges de Wondeur tiennent droits sur sa tête.

Les partitions de piano virevoltent sous le nez des deux femmes. Brusquement, il fait presque nuit. La porte qui mène à la cour s'est ouverte et il pleut dans le salon.

Devant l'air ébahi de Wondeur, Faye éclate de rire. Puis, très sérieusement, elle affirme:

— Tu es magicienne. Tu ne dois pas t'en cacher.

Mal à l'aise, Wondeur ne sait que penser. Jamais on ne l'a qualifiée de magicienne. Il lui semble que Faye exagère, mais cette dernière insiste:

— Comment crois-tu qu'on nomme les gens qui ont des pouvoirs?

Wondeur a les joues en feu:

— J'ai perdu mes pouvoirs...

— Tu es une magicienne qui a perdu ses pouvoirs.

Faye allume la lumière du salon. Elle quitte la pièce en annonçant:

— Le Cercle se réunit demain, on ira toutes les deux. Excuse-moi, il faut que je fasse mes vocalises.

Seule sous la pluie, Wondeur ferme rêveusement la porte qui mène à la cour intérieure. Dehors, le soleil brille et les feuilles des arbres sont immobiles. Il ne pleut que dans la roulotte.

La fille aux cheveux rouges se préoccupe peu du temps qu'il fait. Les paroles de Faye résonnent dans sa tête:

— Tu es magicienne...

Ce soir-là, elle s'endort en se berçant dans le hamac. Pour la première fois depuis des mois, elle sombre dans un sommeil de plomb, un sommeil sans rêves.

***

Au matin, Wondeur trouve Faye dans la cour intérieure. Fraîche et dispose, la magicienne taille un rosier:

— Prête pour le Cercle des magiciens?

Faye Labrune dépose ses cisailles et marche vers le vieux févier. Elle porte une robe de lin violet. Sur la jupe est imprimée la Voie lactée.

La magicienne s'arrête devant le gros arbre. Les mains posées sur les hanches, elle fait dos à Wondeur qui est intriguée.

— Tu me suis? propose la femme sans

se retourner.

La cour est minuscule. Wondeur n'a pas la moindre idée de l'endroit où Faye veut l'emmener. D'une voix étrange, la magicienne commence à compter:

— 1... 2... 3... *GO*!

Faye disparaît.

— Sorte d'affaire!

Interdite, Wondeur examine le févier. Elle est certaine d'avoir vu Faye traverser le tronc de l'arbre. La voix de la magicienne la fait sursauter:

— Qu'est-ce que tu attends pour me suivre?

Wondeur s'approche de l'arbre. Elle avance jusqu'à ce qu'elle ait le nez collé sur le tronc... et le traverse!

Euphorique et incrédule, la jeune magicienne débouche dans une forêt silencieuse baignée de lumière verte. Le vieux févier se trouve à côté d'elle.

La forêt embaume le lilas, le pommier et le chèvrefeuille. On perçoit aussi l'odeur des champignons sauvages et des aiguilles de pin séchées. Des effluves de mousse et d'humus se mêlent à ceux du jasmin et de la fleur d'oranger.

«Si je peux passer à travers les arbres, je

pourrai peut-être m'envoler de nouveau...»
pense Wondeur, sourire aux lèvres.

— Bienvenue dans la Forêt des parfums, souhaite Faye, ravie.

Maintenant habitués à la présence des deux femmes, les oiseaux se remettent à chanter. Les cardinaux sifflent, les écureuils jasent dans les feuilles. Les mésanges et les hirondelles gazouillent, les pinsons font des trilles.

— Les voilà... annonce Faye.

Et elle prend Wondeur par la main.

La fille aux cheveux rouges regarde dans la même direction que la magicienne. Elle ne voit d'abord que des arbres centenaires, des chênes surtout. Puis elle remarque des chatoiements inhabituels autour d'un tronc.

— Oh... Sorte d'affaire!

Un homme âgé vient de sortir d'un chêne. Grand, mince et musclé, il se tient la tête haute. Ses cheveux blancs sont nattés. Il porte un long manteau de daim frangé et des mocassins brodés d'épines de porc-épic.

Surgies d'un arbre elles aussi, deux autres personnes apparaissent ensuite: une femme à la peau noire coiffée d'un turban et un homme au teint cuivré. L'homme, très maigre, est torse nu et vêtu seulement d'un pagne.

Dans la forêt, de nouvelles personnes émergent silencieusement des arbres. Wondeur en compte une dizaine. Il y en a de tous les genres. Une des apparitions est masquée de cuir noir. Une autre se déplace en flottant dans une bulle. La plupart des hommes portent des robes qui leur descendent jusqu'aux chevilles.

Tout est de plus en plus effarant et Wondeur serre la main de Faye.

À distance, les magiciens se saluent avant de former un cercle. Faye y prend place en emmenant Wondeur. Pas un seul mot n'a encore été prononcé.

L'homme âgé examine le Cercle. Il s'assure que tous les membres sont arrivés. Ses yeux perçants s'attardent sur Wondeur qu'il accueille d'un signe de tête. L'apprentie magicienne le salue de la même façon, intimidée.

Faye chuchote à l'oreille de sa protégée:

— Melkior est notre chef. C'est le magicien le plus ancien et le plus sage...

Le vieux magicien lève les yeux vers le ciel et prie:

— Forces de l'univers, unissez-vous. Descendez sur cette forêt. Apportez-nous la lumière.

Melkior laisse s'écouler plusieurs secondes, puis il demande à l'assemblée:

— Qui veut parler en premier?

— Je voudrais vous présenter mon invitée, s'empresse Faye.

— Bien, accepte le vieil homme.

Le magicien à la bulle flotte jusqu'au milieu du Cercle. Grassouillet, la peau grisâtre, il est vêtu de bleu électrique. Il tripote d'un air important le médaillon d'or qui lui pend au cou.

— Oui, Zouf? s'informe Melkior.

Dans sa bulle, le magicien bleu électrique retire son béret. Il le triture. D'une voix que la bulle rend presque inaudible, il proteste:

— Je crrroyais qu'il fallait prrrévenirrr avant d'emmener rrrun invité. C'est la prrrocédurrre...

Une rumeur de mécontentement parcourt le Cercle. La magicienne au turban proteste:

— Voyons, Zouf, on ne va pas fendre les cheveux en quatre.

L'assemblée se met à rire: il ne reste

justement à Zouf que quatre cheveux sur la tête.

Pendant que ses collègues s'amusent, Faye s'impatiente. Elle pince les lèvres et tapote nerveusement le sol du pied.

Penaud, le magicien à la bulle flotte à reculons et reprend sa place dans le Cercle.

Satisfaite, Faye poursuit:

— Wondeur a perdu le pouvoir qui lui permettait de voler.

Un mouvement de surprise agite le Cercle. Des regards d'envie se posent sur Wondeur. Faye explique:

— Mon invitée est à la recherche d'une femme qui lui apparaît en rêve et promet de lui redonner ses pouvoirs. Le Cercle pourrait aider Wondeur à retracer cette femme.

Les magiciens discutent entre eux à voix basse. Plusieurs examinent la fille aux cheveux rouges des pieds à la tête.

Le magicien à la bulle toussote pour attirer l'attention. Il apporte une nouvelle objection:

— Il faudrrrait d'aborrrd savoirrr pourrrquoi cette fille a perrrdu ses pouvoirrrs...

Dans l'assemblée, cette fois, personne ne proteste. Tout le monde souhaite entendre le récit des déboires de Wondeur.

Melkior rétorque:

— Cette jeune fille n'est pas tenue de répondre. Nous ne menons pas une enquête.

La plupart des magiciens cachent mal leur déception. Les plus frustrés soupirent. Par dépit, l'un d'entre eux donne un coup de pied sur un caillou.

La fille aux cheveux rouges observe les magiciens. Plusieurs lui sont hostiles. On sent la méchanceté dans l'air. Wondeur en déduit:

— Tous ces gens sont loin d'être sages. Il y a ici des charlatans...

Wondeur voudrait tout à coup en finir avec le Cercle et s'enfuir à jamais de la Forêt des parfums. Elle serait déjà loin si Faye ne lui emprisonnait fortement la main.

Melkior s'adresse à l'apprentie magicienne:

— Nous sommes prêts à t'aider à certaines conditions. Je te sens courageuse... Mais pour suivre ses rêves, il faut aussi être solide.

Le vieux magicien inspire confiance à Wondeur:

— Je m'entraîne aux arts martiaux tous les jours depuis un an. Comme dit mon maître, je suis une excellente guerrière.

Une corneille baveuse croasse du haut d'un chêne.

— Une guerrière!? s'étonne une magicienne qui porte un arc et un carquois rempli de flèches.

Le ton est moqueur et pique Wondeur au vif:

— Je ne me bats pas contre n'importe qui ni n'importe comment.

Une fois de plus, le Cercle s'agite. Quelques magiciens applaudissent l'invitée de Faye, d'autres se scandalisent.

La magicienne au turban décoche un clin d'oeil à Wondeur et déclare:

— Cette fille aux cheveux rouges a bien répondu.

Le chef des magiciens croise les bras et acquiesce. Il prend la parole:

— Avant que tu retrouves la femme de ton rêve, ton courage sera mis à l'épreuve.

La magicienne à l'arc et aux flèches intervient à nouveau:

— Une aussi grande guerrière devrait se mesurer à un dragon.

Dans la Forêt des parfums, les oiseaux se taisent. Les pupilles des magiciens s'agrandissent sous l'effet de la surprise et de l'appréhension. Le dragon est une épreuve classique. Mais dangereuse. C'est pourquoi le Cercle a depuis longtemps abandonné sa prescription. Seule une magicienne cruelle comme Aïsha pouvait en faire la suggestion.

Le vieux Melkior garde les bras croisés. Les yeux baissés, il réfléchit.

Pendant ce temps, Wondeur s'énerve. Ce qui se trame dans cette forêt lui semble insensé:

«Un dragon... Ils sont tous tombés sur la tête...»

— Tais-toi, lui ordonne Faye qui a deviné ses pensées.

Le vieux magicien lève finalement les yeux. Il a pris sa décision:

— Fille aux cheveux rouges, tu rencontreras la femme de ton rêve si tu t'en montres digne. Tu devras croire en toi pour affronter le dragon.

Les magiciens posent sur Wondeur des regards ébahis. Aïsha sourit d'un air mauvais. Faye paraît songeuse.

Quant à Wondeur, elle est confuse. En face d'elle, le magicien au pagne déclare à son voisin:

— Cette fille me semble trop jeune pour une pareille mission...

Dans le Cercle, tout le monde parle en même temps. Chacun des magiciens commente la décision.

Melkior étend les bras et intime à l'assemblée l'ordre de se taire. Le calme revenu, il interroge Wondeur:

— Fille aux cheveux rouges, acceptes-tu le défi?

Wondeur a l'impression de délirer tellement la situation est abracadabrante. Mais son désir de retrouver ses pouvoirs est si fort qu'elle s'entend répondre:

— Si vous promettez de m'aider, j'accepte vos conditions.

Le vieux magicien croise les bras:

— Le dragon porte à la patte un bracelet en corne de vache. Tu nous rapporteras ce bracelet. Approche...

Faye amène Wondeur devant Melkior et s'engage à la guider.

Tous les magiciens se donnent la main. Le Cercle se referme sur Melkior et les deux femmes. Un étrange flux électrique parcourt alors le corps de Wondeur.

Melkior fait apparaître un long bâton décoré de rubans multicolores. Il pose une extrémité du bâton sur l'épaule droite de Wondeur. De sa voix d'homme âgé, il implore:

— Forces de l'univers, accompagnez cette apprentie magicienne. Permettez-lui de se réaliser... et de servir les desseins que vous avez pour elle.

Quand la voix du magicien s'éteint, le Cercle s'ouvre pour libérer Faye et sa protégée.

Les deux femmes reprennent leur chemin en sens inverse. Dans la cour intérieure de la roulotte, Faye laisse enfin la main de Wondeur.

Chapitre III
La croix de néon rose

Rompue de fatigue et d'émotions, Wondeur se sent vide d'énergie. Elle a mal partout, comme si une foule lui avait marché sur le corps. Étendue sur un des sofas de la roulotte, elle se repose.

Dans la pièce d'à côté, Faye s'amuse à sauter sur le trampoline. Elle pousse de petits cris de plaisir de temps à autre.

La fille aux cheveux rouges se tourmente:

— Cette histoire de dragon n'a pas de sens.

Faye arrive au salon essoufflée. Elle constate que Wondeur ne s'est pas remise de sa rencontre avec le Cercle. La magicienne pose la main sur le front de sa protégée. À sa grande surprise, Wondeur récupère aussitôt son énergie.

— Sorte d'affaire!

De ses yeux noirs, la magicienne l'observe, l'air malicieux:

— Alors, si on s'occupait de choses sérieuses?

Le visage de Faye Labrune change subitement d'expression. Deux lignes se tracent entre ses sourcils:

— Avant d'affronter le dragon, tu devras d'abord le trouver...

Devant l'incrédulité de Wondeur, Faye affirme:

— Crois-moi, les dragons existent. On ne sait pas les voir, tout simplement. Il est temps de préparer ton départ.

Faye ouvre un placard. Des boîtes, des chapeaux, une raquette de tennis et une pile de vêtements déboulent.

Pendant que la magicienne s'affaire dans le fouillis, Wondeur réfléchit. Maintenant reposée, elle reprend courage:

— Si mon père m'a envoyée à Faye, c'est que je peux lui faire confiance.

La magicienne émerge du placard. Elle dépose un petit objet métallique dans la main de sa protégée. Au creux de sa paume, Wondeur tient une clef ancienne: une clef à trois dents avec un anneau en dentelle de cuivre.

— Tu utiliseras cette clef en temps et lieu. Ne la montre à personne, recommande Faye.

Wondeur range la clef dans la poche secrète de sa combinaison.

Debout au milieu de la pièce, Faye claque des doigts. Elle fait apparaître une épée et un bouclier qu'elle remet à Wondeur.

Le bouclier porte des armoiries bleues gravées à l'emblème d'un lys. Sur la garde de l'épée, deux roses entrelacées sont sculptées. La poignée est sertie de rubis.

Wondeur soupèse les armes. Elles sont légères et solides. L'épée lui rappelle ses combats d'apprentissage avec son père au dojo du phare.

— Tu partiras à minuit, annonce la magicienne.

La fille aux cheveux rouges tressaille:

— En pleine nuit...

— C'est dans le noir que l'on commence à voir clair.

Wondeur ne relève pas les paroles de Faye. Elle préfère s'en tenir aux choses pratiques:

— Quelle direction dois-je prendre?

— Une montagne se trouve au milieu de la Cité de verre. Le soir, on voit sa croix illuminée. Tu devras atteindre cette croix avant l'aube pour que tes armes soient efficaces. Et pour croiser le guide qui te mènera au dragon.

Faye claque des doigts. L'épée et le bouclier disparaissent. La magicienne précise:

— Tu les feras apparaître de la même façon.

La magie a ses rituels qui doivent être respectés. Les mains dans les poches de sa jupe violette, Faye réfléchit pour s'assurer qu'elle n'a rien oublié. Elle fait une dernière recommandation:

— Surtout, ne parle à personne de ta mission.

Ensuite, elle se dirige vers sa chambre. Avant d'en franchir le seuil, elle se tourne vers l'apprentie magicienne:

— D'ici à ton départ, on ne doit plus s'adresser la parole. Bonne route, Wondeur.

***

La roulotte est silencieuse. Dehors, il fait nuit. Wondeur se balance doucement dans le hamac. Elle relit son message pour le Karatéka:

Cher père,
Tout va bien. Faye me guide et me pro-
tège. Je trouverai ce que je cherche.
Wondeur

Elle roule le bout de papier et l'attache à la patte de Valentino. Tenant le pigeon au creux de ses mains, elle lui murmure:

— Bon voyage... Sois prudent.

Et l'oiseau s'envole. Appuyée au rebord de la fenêtre, Wondeur suit des yeux son messager. En voyageant de nuit, Valentino évitera les mirages des gratte-ciel.

Le pigeon est hors de vue quand l'horloge de la roulotte sonne.

Wondeur compte bravement les coups. Au douzième, elle pose résolument sa cape noire sur ses épaules. Elle sort de la roulotte et en referme silencieusement la porte.

Une pluie fine tombe sur la ville. La voyageuse rabat le capuchon de sa cape sur sa tête.

La Cité de verre est encore plus belle la nuit que le jour. Dans la tranquillité noire de la pluie, la ville se fait plus vaporeuse et plus douce. Son vacarme s'est apaisé. Comme autant de lanternes, les fenêtres

des gratte-ciel sont allumées et veillent sur la voyageuse. Wondeur n'a pas peur. Quelque chose lui dit qu'elle est sur la bonne route.

Elle sort de l'impasse de l'Alligator et se dirige vers le centre-ville.

***

Pour la centième fois, la fille aux cheveux rouges s'arrête et étire le cou. Elle scrute le ciel dans toutes les directions. Entre les tours, aucune croix illuminée n'est visible.

Wondeur a déjà beaucoup marché. Elle a traversé l'ancienne ville sans rencontrer âme qui vive. Dans les maisons coiffées de lucarnes et décorées de motifs en briques, tout le monde dormait sur ses deux oreilles.

Plus loin, dans une ruelle très éclairée, Wondeur a croisé une fête. Il n'y avait que des hommes. Deux par deux, ils dansaient gaiement sur les trottoirs au son d'un accordéon.

La voyageuse a parcouru la cité jusqu'au port. Amarrés le long des docks, des paquebots tanguaient au gré des vagues

pendant qu'on chargeait leurs cales. Sur les quais circulaient des convois de trains et de camions.

Wondeur est maintenant parvenue au quartier des affaires où rien ne bouge. Au pied des tours, elle distingue des formes humaines étendues sur les trottoirs. Son père l'a prévenue: à la Cité de verre, beaucoup de gens sont sans abri.

L'apprentie magicienne marche depuis trois heures. Elle a mal aux pieds et commence à broyer du noir.

— Je n'atteindrai jamais la croix à temps...

La pluie a cessé, le vent se lève. Wondeur constate qu'il a tourné au nord, quand une sonnerie attire son attention.

Un triporteur de crème glacée roule dans sa direction. Il est conduit par un garçon qui semble avoir son âge.

— Il pourra peut-être m'aider.

Wondeur fait signe au vendeur qui se gare à côté d'elle.

— Il ne reste que de la crème glacée molle au beurre d'arachide, prévient le garçon.

La frange de ses cheveux noirs et raides tombe sur ses verres fumés.

Wondeur ne voit pas les yeux de son interlocuteur. Elle se voit, elle, réfléchie dans les vitres miroirs des lunettes du vendeur.

— Quelle route faut-il prendre pour se rendre à la croix illuminée?

— La route est compliquée. Je peux te conduire, si tu veux.

Wondeur hésite. Suivre un étranger en

pleine nuit dans une ville qu'elle ne connaît pas, c'est de la folie.

Devant l'indécision de son interlocutrice, le garçon ajoute:

— Il faut se dépêcher parce que j'ai rendez-vous.

Wondeur évalue le risque, mais le temps presse.

— J'accepte ta proposition. Je m'appelle Wondeur et toi?

— LaPieuvre.

À l'invitation de LaPieuvre, Wondeur monte sur le triporteur. Elle s'assoit en arrière, sur le congélateur.

— Tiens-toi bien, recommande le conducteur.

Le triporteur démarre lentement puis prend de la vitesse. Cheveux au vent, Wondeur et LaPieuvre filent entre les gratte-ciel. Les rues sont en pente et le véhicule accélère. La cape noire de Wondeur faseye dans l'air frais de la nuit.

La fille aux cheveux rouges traverse des quartiers qu'elle a déjà visités. Elle fait du slalom entre les trains et les camions, elle se faufile parmi les hommes en fête. La voyageuse constate qu'elle était partie dans la mauvaise direction.

Wondeur et son conducteur roulent depuis une vingtaine de minutes. Brusquement, LaPieuvre met les freins. Le triporteur glisse et s'arrête sous l'auvent d'un magasin.

— Descends, ordonne le garçon qui consulte sa montre.

Sans comprendre, Wondeur s'exécute.

LaPieuvre range le véhicule le long d'un mur. Il examine prudemment les alentours.

Rassuré, il tire une antenne télescopique d'un des côtés du triporteur. Il ouvre le congélateur et en sort un émetteur radio.

— Qu'est-ce qui se passe? s'enquiert Wondeur.

Occupé à ajuster les boutons de l'émetteur, LaPieuvre ignore la question. L'appareil grésille faiblement.

Le garçon branche une paire d'écouteurs qu'il pose sur ses oreilles. Ensuite, il décroche un microphone carré et l'approche de sa bouche:

— Ici LaPieuvre! Vous écoutez RPCV, la radio pirate de la Cité de verre! La radio qui bouge! La radio libre!

Interloquée, Wondeur regarde LaPieuvre qui insère une cassette dans un magnétophone. Il poursuit du même ton:

— Ce soir, comme d'habitude, vous entendrez les musiques que les autres radios refusent de faire jouer. Et, pour commencer, voici le groupe les Barbelés.

Un rap dansant s'échappe du magnétophone. Wondeur écoute les paroles:

Les oubliés, les sans-maison
dorment au pied des tours
ou sous les ponts.
Un jour, un de ces jours,
leurs enfants se vengeront.

LaPieuvre retire ses écouteurs et baisse le volume de la musique. Il explique enfin:

— Je fais de la radio pirate.

— Pirate?

— Je n'ai pas de station radio. Je pirate donc la fréquence d'une station établie. Les auditeurs ne reçoivent plus leur émission habituelle. À la place, ils captent ma voix...

Wondeur trouve l'idée inusitée. Elle doute qu'elle plaise à tous:

— Les auditeurs doivent être furieux...

— Beaucoup de gens aiment mon émission. Mais la radio pirate, c'est illégal. Jc diffuse donc d'un endroit différent chaque nuit jusqu'à l'aube, sinon...

— Jusqu'à l'aube! Il faut que je parvienne à la croix avant l'aube, s'inquiète Wondeur.

LaPieuvre indique quelque chose:

— Justement.

L'apprentie magicienne se retourne. Entre les gratte-ciel brille une croix illuminée au néon rose. La vue de la croix angoisse Wondeur.

— On dirait que je commence à croire au dragon.

Elle imagine l'animal à ses trousses et perçoit son souffle chaud dans son dos.

— Il faut que je m'en aille.

— Je ne sais pas où tu vas, mais je te souhaite bonne chance, dit LaPieuvre.

Wondeur reste discrète:

— J'en aurai besoin. Merci pour la balade.

Le garçon sourit pour la première fois.

— On se reverra, promet-il.

Wondeur sonde le visage de LaPieuvre. Ils se connaissent à peine; elle sait pourtant qu'ils se ressemblent. Elle sait également qu'ils pourraient devenir des amis.

Le garçon se penche et ouvre un tiroir sous le congélateur. Il en sort un émetteur radio miniature et le remet à Wondeur:

— Tu n'as qu'à m'appeler et je vien-drai.

— Merci... À bientôt.

De crainte de changer d'idée, Wondeur tourne les talons et marche en direction de la croix. Elle a aussi envie d'affronter le dragon que de se faire arracher une dent. L'émetteur qui pèse au fond de sa poche la rassure à peine.

Chapitre IV
La montagne sacrée

Sans jamais perdre la croix de vue, Wondeur contourne les gratte-ciel.

Parvenue au pied de la montagne, elle découvre un long escalier roulant. Il est installé directement sous la croix de néon rose.

Tout près, on a accroché un écriteau. Les lettres sont délavées par le soleil et la pluie. Le nez collé sur l'affiche, la voyageuse déchiffre: *Cet escalier est le plus long et le plus haut d'Amérique.*

Wondeur décide d'actionner le moteur de l'escalier roulant. Elle appuie plusieurs fois sur le commutateur. Rien ne bouge.

— Sorte d'affaire...

La fille aux cheveux rouges consulte sa montre. L'aube approche dangereusement. Sans perdre de temps, elle entreprend de grimper une à une les marches de métal strié.

La pente est abrupte, l'ascension difficile. Les mollets et les poumons en feu,

Wondeur doit s'arrêter souvent:

— Je vais trop vite...

Et elle ralentit le rythme. Mais l'escalier est interminable:

— Je ne dois plus regarder en avant,

c'est trop décourageant.

Malgré sa bonne volonté, Wondeur sent ses forces diminuer. Après quinze minutes d'ascension, elle se laisse tomber sur les marches de métal et tente de reprendre son souffle.

À ses pieds, la Cité de verre scintille. L'aube pointe à l'horizon:

— Il faut que je reparte tout d...

Brusquement, l'escalier mécanique s'est mis à monter.

— Sorte d'affaire!

Wondeur empoigne les deux rampes pour ne pas perdre l'équilibre. Dans des grincements d'acier, l'escalier roulant accélère.

«Qui a bien pu l'actionner?» se demande Wondeur en montant à reculons.

Agrippée aux rampes, elle a l'impression que l'escalier s'emballe. Dans des bruits de chaîne et de ferraille, il grince et crisse. Ça sent le métal chauffé. La fille aux cheveux rouges grimpe de plus en plus vite et sent la panique la gagner.

Wondeur se concentre sur sa respiration et contrôle promptement sa peur. Elle monte depuis cinq minutes quand l'escalier s'arrête net.

Surprise, la voyageuse se relève prudemment. Elle est parvenue à la croix, une gigantesque structure d'aluminium.

Sans bruit, Wondeur inspecte les alentours. Elle ne repère aucune trace de dragon.

À l'est, l'aube se profile. Contre la lumière du jour qui point, la croix de néon rose pâlit.

— Excusez-moi...

— Aaahahh!!!

Wondeur a crié. Un flot d'adrénaline lui parcourt les veines. Ses jambes sont de la guenille.

— Je ne voulais pas t'effrayer.

La femme est plus petite que Wondeur. Ses cheveux gris frisés sont relevés et ramassés derrière la tête. Des plumes de paon et de faisan sont piquées dans son chignon. Elle porte un pantalon noir sur lequel tombe une tunique bourgogne à mi-cuisse.

La nouvelle arrivée se dirige vers la base de la croix où elle abaisse un levier. La croix s'éteint. À son retour, la femme propose:

— Tu as l'air fatiguée... Viens, je te donne à boire.

Elle entre dans une cabane en planches

que Wondeur n'avait pas remarquée. La maisonnette n'a qu'une seule pièce. Elle est meublée d'une table, d'une chaise et d'un lit. Sur la table, des feuilles blanches et des crayons.

— Il y a longtemps que je n'ai vu personne sur la montagne sacrée, révèle la femme en offrant de l'eau.

— Sacrée? Pourquoi?

— Cette montagne permet de se rapprocher du ciel et de l'infini. C'est pourquoi les humains y prient depuis cent mille ans. Tu ne viens pas pour prier?

Wondeur avale sa gorgée d'eau, hésite. Elle ne doit rien dire de sa mission. Mais cette femme est certainement le guide promis.

— Je cherche le dragon.

Pensive, la femme aux plumes l'examine. À l'instar des magiciens du Cercle, elle constate:

— Tu me sembles bien jeune... Suis-moi.

Elle sort de la maison et s'éloigne en direction opposée à la croix. La fille aux cheveux rouges sur les talons, elle pénètre dans un boisé. Après une vingtaine de pas, elle s'arrête au bord d'une falaise.

— Sorte d'affaire!

Aux pieds de Wondeur, un gouffre béant révèle les entrailles de la montagne. Les strates de formation de la terre sont à découvert et montrent le travail du feu, de l'eau et du vent depuis des milliards d'années.

— On dirait le cratère d'un météorite, murmure Wondeur.

Le fond de la fosse est pauvrement éclairé: quelques lampadaires, des phares de bulldozers et de pelles mécaniques. Tout est minuscule tellement c'est profond.

— Gros comme des pois, remarque la fille aux cheveux rouges.

— Des magiciens ont creusé la montagne sacrée pour lui prendre ses trésors. Avec ses richesses, ils ont construit les gratte-ciel. C'est dans cette fosse que tu découvriras le dragon.

Au mot dragon, Wondeur tressaille. Elle sent les poils de ses bras se hérisser. Sa gorge se noue au point de l'empêcher de parler. Elle a l'impression d'être condamnée.

— Tu peux descendre dans la fosse en prenant le vieil ascenseur, ajoute la femme.

Et elle indique la gauche.

Wondeur trouve la fosse sinistre. Elle pense à son père et aux amis qu'elle a quittés. Elle revoit le dojo du phare où la vie coulait, si douce. Elle se questionne: son voyage a-t-il du sens? Le jeu en vaut-il la chandelle?

— Rien ne m'oblige à retrouver mes pouvoirs.

L'apprentie magicienne imagine qu'elle ne volera plus jamais de sa vie. Un cortège d'images et de souvenirs défilent devant ses yeux. Elle se revoit, planant dans un ciel limpide. Euphorique, elle se laisse porter par les vents ascendants. Son visage s'offre au voile humide des nuages qu'elle traverse. L'air siffle quand elle effectue un looping...

Ces images confirment ce que Wondeur sait depuis toujours. Elle sera malheureuse toute sa vie si elle ne tente pas de retrouver le pouvoir de voler.

— Le dragon, il y a longtemps que je l'ai vu.

La voix de la femme aux plumes tire Wondeur de ses réflexions.

— Vous avez déjà vu le dragon de près? s'étonne la jeune guerrière en frémissant.

— Pas trop, parce qu'il pue. Mais on se

connaît. Je le vois souvent se promener en battant de la queue.

Wondeur a la gorge de plus en plus serrée. Elle déglutit avec difficulté.

— Croyez-vous qu'il est féroce?

La femme aux plumes réfléchit avant de répondre:

— Il fait son travail de dragon.

Wondeur a mal au ventre.

— Je te dessine la route qui mène à l'antre du dragon, propose la femme.

Elle tend le bras vers un bouleau. Elle détache un bout d'écorce blanche et frisée. De ses cheveux, elle retire ensuite la plume de paon et l'utilise pour dessiner sur l'écorce. Elle remet le plan à Wondeur:

— Voilà... Il faut que je travaille, maintenant.

La fille aux cheveux rouges n'a pas envie de se retrouver seule. Elle ne remet plus en question sa décision d'affronter le dragon. Simplement, elle veut gagner du temps. Pour retenir son interlocutrice, Wondeur lui demande:

— Euh... Quelle sorte de travail faites-vous?

— Je suis copiste. Avec ma plume de paon, j'écris ce que j'entends. Je n'entends pas toujours parfaitement, mais j'écoute le mieux possible. Au revoir et... bonne chance.

À regret, Wondeur observe la copiste qui s'éloigne. Avant d'entrer dans la cabane, la femme aux plumes s'arrête:

— Ah oui! j'oubliais... Le dragon, il faut le regarder droit dans les yeux.

**

Dos à la fosse, les bras ballants, Wondeur reste immobile. Ses pieds sont cloués au sol. Son corps est froid, figé comme une statue de sel. Jamais elle n'a eu aussi peur. Jamais elle n'a été aussi résolue.

La fille aux cheveux rouges s'extirpe de sa torpeur. Elle se dirige vers l'ascenseur à moitié envahi par la vigne sauvage. Elle arrache la végétation et en dégage une sorte de cage: une plate-forme, des murs de barreaux de fer, une porte et un toit. Quand elle veut l'ouvrir, la porte résiste. Wondeur la secoue plusieurs fois:

— Verrouillée...

Perplexe, la fille aux cheveux rouges s'éloigne de l'ascenseur. Elle s'assoit dans l'herbe haute pour réfléchir. Au-dessus de

la fosse, un corbeau est poursuivi par un oiseau beaucoup plus petit que lui.

Wondeur pense à retourner voir la copiste:

— Elle a peut-être une clef... UNE CLEF!

Aussitôt sur ses pieds, Wondeur fouille dans la poche secrète de sa combinaison. Elle en sort la clef ancienne... qui s'ajuste parfaitement à la serrure de l'ascenseur.

Wondeur entre dans la cage de métal. Elle ferme la porte et enclenche le mécanisme. L'ascenseur glisse lentement le long de ses câbles.

La fille aux cheveux rouges se cramponne aux barreaux de fer. Prisonnière suspendue dans le vide, elle descend profondément dans la fosse. Au terme de son voyage, l'ascenseur frappe le sol... comme s'il n'allait plus jamais remonter.

Chapitre V
Le dragon

Wondeur débarque dans un paysage désertique. La fosse n'est que pierre, terre et poussière. Pas un brin d'herbe, pas l'ombre d'une mousse. Au loin ronronnent les bulldozers et les pelles mécaniques. L'air est saturé d'odeurs de mazout.

La fille aux cheveux rouges consulte le plan. D'après le dessin, il faut longer la falaise vers la gauche.

Wondeur avance vaillamment. Elle enfonce dans le gravier jusqu'aux chevilles. Chacun de ses pas soulève des nuages de terre poudreuse.

Dans la paroi de la falaise, la voyageuse découvre presque tout de suite une cavité. À l'entrée de la grotte, elle entend couler de l'eau:

— C'est ce qu'il me faut...

Elle pénètre dans la grotte et s'agenouille près de la source. Elle y boit et s'asperge d'eau fraîche. Assise près de la fontaine, elle enlève ses bottes et les vide du sable qu'elles contiennent.

— Sorte d'affaire...

Au fond de la grotte, on a installé une haute porte de bois. Grugées par la pourriture, les planches sont tapissées de moisissure jaune et veloutée. La rouille ronge le verrou et les gonds en fer forgé.

Wondeur examine le plan attentivement. La grotte où elle se trouve n'y figure pas. Le dessin indique plutôt de longer la falaise jusqu'à un gros rocher en forme d'oeuf. Ensuite seulement, il montre une caverne.

Wondeur chausse ses bottes:

— Je me demande ce qu'il y a de l'autre côté.

Elle avance vers la porte, elle en sonde la poignée, puis la tourne.

La porte s'ouvre sur un vestibule. Au mur d'en face est accrochée une vieille tenture de brocart ocre. De l'autre côté parvient une sorte de chuintement. Le vestibule empeste:

— Ça sent les feuilles qui pourrissent...

Wondeur écarte prudemment le rideau. Une salle immense taillée à même le roc s'offre à sa vue. La pièce est éclairée de lampions accrochés à la paroi rocheuse.

Des nappes de fumée flottent dans l'air humide.

La fille aux cheveux rouges examine la caverne. Elle y recense une centaine de gros barils de bois et une bibliothèque.

Le chuintement se précise: on dirait un ronflement. Wondeur tend l'oreille. Le son bas et rauque provient du milieu de la salle, là où est entassé un amas de grosses pierres plates. La voyageuse scrute le monticule. Elle a l'impression d'y voir bouger quelque chose.

Sans bruit, Wondeur se rapproche en se cachant derrière les barils:

— Oohh...

Sur la pierre la plus haute, un animal fabuleux est étendu. Couché sur le flanc, il fait dos à Wondeur et il ronfle. La jeune guerrière sait qu'elle est en présence du dragon et son coeur tambourine.

Wondeur examine la bête. L'animal a une toison gris verdâtre. Comme les anciens dinosaures, sa queue est longue et couverte d'écailles jaunes.

— Arrgghhh... se plaint l'animal.

Il s'étire les pattes en ouvrant les griffes. Sa queue s'agite. Il lève la tête, puis la repose.

«Il rêve...» pense Wondeur, les mains moites.

Elle voudrait contourner le lit pour voir le visage de la bête.

— Arrgghhh... fait de nouveau le dragon.

Il secoue impatiemment la tête et fouette

l'air de la queue. Après plusieurs tentatives, il réussit brusquement à se tourner sur l'autre flanc.

Surprise, Wondeur sursaute. Elle recule d'un pas et fait basculer un baril.

Le son du métal qui percute la pierre retentit dans la caverne. Wondeur est morte de peur. En claquant des doigts, elle fait apparaître l'épée et le bouclier. Et s'abrite derrière le baril le plus proche.

Prête au combat, la jeune guerrière épie son adversaire. L'animal lui fait face, mais ses yeux demeurent clos. Il ne l'a pas encore aperçue.

Le visage du dragon est couvert de bosses et de cicatrices. Plusieurs des écailles de sa peau sont séchées et retroussent drôlement. L'animal a le nez court et une touffe de poils frisés sur le front. Deux de ses dents pointues dépassent en permanence de sa gueule.

Nonchalant, le dragon ouvre un oeil seulement. Un oeil hagard couleur de cendres. Il sort une épaisse langue rouge et s'humecte les babines.

Dans sa cachette, la fille aux cheveux rouges se fait minuscule et s'efforce de demeurer immobile.

La bête laisse retomber sa paupière verte et Wondeur constate:

— Ce dragon est malade...

De l'autre côté du baril, une voix éraillée s'élève:

— Tu viens me combattre, je suppose...

Wondeur inspire profondément. Elle se redresse lentement et fait face au dragon qui garde les yeux fermés. Le plus calmement possible, elle confirme:

— Je suis venue vous combattre. Mais... vous n'êtes pas en état...

— En effet... souffle le dragon.

Des volutes de fumée s'échappent de sa gueule chaque fois qu'il l'ouvre:

— Tu pourrais en profiter...

Wondeur fait quelques pas prudents vers la bête.

— Je ne mène pas ce genre de combat.

Le dragon soulève les paupières. Wondeur regarde l'animal droit dans les yeux. Elle y voit de la résignation.

— C'est honorable de ta part... râle le dragon.

Ses paupières vertes retombent lourdement:

— Mais...

L'animal se lèche à nouveau les babines.

Son ventre fait entendre des borborygmes:

— Tu arrives trop tard. Je vais mourir...

Stupéfiée, la fille aux cheveux rouges reste figée. Elle s'attendait à tout, sauf à trouver un dragon moribond. Sans combat avec le dragon, le voyage de Wondeur est sans but. Sa quête n'a plus de sens.

L'épée et le bouclier pendent au bout des bras de la jeune guerrière. Ces armes lui paraissent tout à coup ridiculement inutiles.

L'animal demeure les yeux clos et Wondeur le plaint.

«Mourir, c'est grave», pense-t-elle.

Puis le dragon agite la queue et elle se méfie:

«C'est peut-être une ruse...»

Mais Wondeur se rappelle le regard de la bête et elle se ravise:

«On ne peut feindre un regard pareil.»

— Couvre-moi... j'ai froid... souffle le dragon.

Wondeur se dirige prestement vers l'entrée de la caverne. D'un coup d'épée, elle décroche le rideau de brocart et revient vers l'animal qui respire difficilement.

Avec le rideau, elle couvre le dragon le mieux possible. À la patte de la bête, elle remarque le bracelet en corne de vache. Le bijou est décoré de traits noirs et blancs: on dirait les lettres d'une mystérieuse écriture.

— Merci... Tu me tiens compagnie? demande la bête en exhalant de la fumée.

Wondeur ne craint plus le dragon. Elle dépose son épée et son bouclier.

Assise sur une pierre, elle examine la bête. Pour l'instant, l'animal ne semble pas trop souffrir. Mais il se dégage de son corps des odeurs fétides: un mélange de purin de porc et de mégots de cigarettes. Le dragon empuantit la place et Wondeur se bouche le nez.

— Pourquoi te fallait-il m'affronter? s'enquiert l'animal sans ouvrir les yeux.

À chacun de ses mots, il enfume un peu plus la caverne.

— Pour retrouver mes pouvoirs.

Le dragon tousse et tape de la queue. Il respire péniblement.

— Ce sont les magiciens du Cercle qui t'envoient.

— Comment le savez-vous?

Le dragon étire le coin de ses babines rouges vers le haut. On jurerait qu'il sourit.

— Les magiciens essaient de s'emparer du bracelet depuis sept cents ans...

L'animal ouvre les yeux et plonge son regard de cendres dans celui de Wondeur. Elle rougit jusqu'aux cheveux quand il propose:

— Tu auras le bracelet... si tu acceptes de rester à mon chevet...

Le dragon referme les paupières.

— Jusqu'à la fin... précise-t-il.

La proposition glace Wondeur. Elle avait prévu affronter le dragon. Il lui faut maintenant l'assister dans son agonie. La jeune guerrière n'a jamais approché le mystère de la mort. Combattre lui serait mille fois plus facile.

— Si tu refuses, le bracelet disparaîtra avec moi...

Wondeur n'a pas le choix. Pour retrouver ses pouvoirs, il lui faut rapporter le bijou aux magiciens.

— J'accepte.

— Tiens ma patte...

La fille aux cheveux rouges pose une main peureuse sur la patte griffue de la bête, la patte qui porte le bracelet. Wondeur est si près du bijou qu'elle pourrait s'en emparer.

Le dragon s'est apaisé.

— Il est bon d'être accompagné au

moment de la mort... même pour un dragon.

— Vous avez peur de mourir?

— Non... je l'ai déjà fait plusieurs fois. Les dragons renaissent de leurs cendres. Ils sont habités par un feu intérieur, comme les volcans. Quand un dragon meurt, c'est que son propre feu le brûle...

Wondeur imagine les flammes qui le consument. Il lui semble que l'animal fume de plus en plus.

— Mourir, c'est toujours difficile... confie l'animal.

Il a soudainement l'air très fragile.

— J'ai fait mon temps. Les magiciens et leurs machines approchent. Ils vont bientôt détruire ma maison.

La fille aux cheveux rouges tient toujours la patte du dragon. Il s'affaiblit.

— Pourquoi les magiciens veulent-ils tant ce bracelet? questionne-t-elle.

— Le bracelet a des pouvoirs. Les magiciens ignorent lesquels.

Wondeur est suspendue aux lèvres du dragon et attend la suite. Si elle doit porter un bracelet magique, elle veut en connaître l'utilité. Mais le dragon est avare d'explications et la voyageuse insiste:

— Quels pouvoirs a le bracelet?

— Tu le sauras si tu acceptes de me rendre un autre service.

L'apprentie magicienne trouve le dragon bien exigeant.

— Quel genre de service?

— Va dans la bibliothèque.

Wondeur se dirige vers les rayons de livres. Elle y découvre des titres surprenants: *L'art de cracher le feu, Généalogie des dragons, La pensée au Moyen Âge.*

De son lit de pierres, le dragon la guide:

— Un cahier... Sur le dernier rayon...

Wondeur repère un épais cahier noir à tranche jaune. Sans réfléchir, elle le feuillette. Les pages sont remplies d'une écriture fine et pleine de fioritures.

Les yeux de cendres du dragon surveillent Wondeur.

— Excusez-moi... je suis indiscrète.

Le dragon n'a plus de temps pour ce genre de délicatesse.

— Porte ce cahier à l'adresse inscrite sur la page de garde.

— J'irai porter votre cahier dès que j'aurai retrouvé mes pouvoirs, lui promet Wondeur.

— Bien.

Le dragon est fatigué. Il se tait, et Wondeur renouvelle sa question:

— Quels sont les pouvoirs du bracelet?

— Il permet de voir les rêves. Il montre ce que le coeur désire ardemment. Je vois que tu rêves de voler de nouveau...

Le dragon se met à haleter:

— Ce bracelet... est aussi une drogue... mortelle... Ceux qui... déchiffrent son inscription peuv...

Pris d'une forte quinte de toux, le dragon s'étouffe. Sa respiration est bruyante. De plus en plus, la grotte s'enfume.

— Sssors... râle le dragon.

Avec sa cape, Wondeur se couvre le nez et la bouche.

— Prends le bracelet... Sors... avant que je rende mon dernier souffle... sinon...

L'apprentie magicienne glisse précipitamment le cahier dans sa poche. Elle s'approche du dragon. Avec précaution, elle retire le bracelet de la patte brûlante et le passe à son bras.

Instantanément, Wondeur voit le coeur de la bête mourante et découvre son désir le plus cher. L'animal rêve de ne plus se battre, de ne plus faire peur. Il rêve de se reposer pendant des siècles.

— Bon repos... lui chuchote Wondeur.

Le dragon n'entend plus. Ses yeux de cendres restent clos, ses paupières se sont soudées.

Une solitude immense s'empare de Wondeur et coule en elle une profonde tristesse. Quelque chose la soulève de terre.

— Oh...

Sous ses pieds, des champignons ivoire se sont mis à pousser. Leur chair gonfle, enfle et épaissit à une vitesse surprenante. Des champignons, il en pousse même au plafond. La caverne rapetisse. Wondeur comprend qu'elle périra étouffée si elle ne sort pas tout de suite.

La jeune guerrière empoigne promptement son épée. À grands coups de lame, elle fend les champignons, elle les tranche. Ça vole de tous bords, de tous côtés. Mais les morceaux fauchés repoussent instantanément.

Wondeur redouble d'ardeur. Jamais elle n'a affronté un adversaire aussi étrange. Jamais elle n'a résisté avec autant de détermination. À la force du poignet, elle se taille un chemin jusqu'à la porte de la caverne.

Hors d'haleine, elle débouche dans la grotte de la source. Mais les champignons

la talonnent puis la doublent. Ils l'encer-
clent et menacent de murer la sortie. Pour
échapper à l'envahisseur, il ne reste qu'un
moyen.

La fille aux cheveux rouges saisit son
épée à deux mains, comme un sabre. Sui-
vant l'enseignement de son père, elle coupe
dans huit directions. Dès qu'elle s'est mé-
nagé suffisamment d'espace, elle laisse
tomber son arme. Elle s'élance alors de
toutes ses forces et plonge hors de la cavité de la grotte. Elle atterrit brutalement
à plat ventre dans la fosse:

— Outche...

Sous un soleil cuisant, Wondeur gît sur
le gravier brûlant. Le nez dans la poussière, elle reprend ses esprits et tourne
lentement la tête. La lumière l'aveugle et
l'oblige à fermer les yeux.

Joue contre terre, Wondeur est envahie
d'une fatigue sans nom. Abattue, la mort
du dragon dans l'âme, elle est incapable de
se relever. Elle ne bouge plus. Elle attend.

Au loin, elle entend chanter un oiseau.
Le chant est comme de l'eau qui coule
et Wondeur retient son envie de pleurer.
Étendue dans la poussière, elle écoute de
tout son corps. Et soudain, elle comprend

le langage de l'animal. Il chante qu'il est content d'être en vie.

— Moi aussi! réalise la fille aux cheveux rouges.

Lentement, elle se redresse. Une fois assise, elle n'a qu'un désir: quitter la fosse au plus vite.

Wondeur se remet sur pied et vacille un instant. Elle s'assure que le bracelet est toujours à son bras. Les genoux tremblants, elle avance vers l'ascenseur. Quelques minutes plus tard, elle atteint le sommet de la montagne sacrée:

— Sortc d'affaire!

La croix de néon rose est ravagée, ses tubes fluorescents ont éclaté. En marchant dans l'herbe haute, Wondeur écrase les éclats de verre éparpillés.

Mue par un pressentiment, la voyageuse cherche la cabane de la femme aux plumes. On l'a barricadée.

Pressée de s'enfuir, Wondeur se dirige vers l'escalier: les marches ont été tordues et ne sont plus qu'un tas de ferraille. La voie est impraticable.

En se retenant aux branches et aux rochers, l'apprentie magicienne entreprend une longue descente vers la Cité de verre.

***

Wondeur parvient à la roulotte, exténuée. En apercevant sa protégée, Faye Labrune recule d'un pas. Et ne prononce pas un seul mot.

— J'ai le bracelet.

Faye ne répond pas. Ses yeux noirs se mouillent, elle semble bouleversée. Devant le regard interrogateur de Wondeur, elle finit par articuler:

— Viens que je te montre...

Inquiète, Wondeur suit la magicienne. Faye l'emmène devant un grand miroir:

— Regarde...

La jeune guerrière reconnaît à peine son reflet dans la glace. Sale et écorchée, elle a maigri et ses cheveux rouges ont poussé. Elle a surtout incroyablement grandi. Les jambes et les manches de sa combinaison de vol sont beaucoup trop courtes. Wondeur pense:

«Je suis fatiguée...»

La magicienne lui prend la main et murmure:

— Tu portes la marque du dragon...

La vision trouble, Wondeur croit voir un dessin sur son avant-bras: un zigzag qui ressemble à un éclair. Wondeur pense:

«Je vais tomber...»

La fille aux cheveux rouges cherche un endroit où s'asseoir. Dans son dos, la voix de Faye lui parvient, feutrée:

—- Le dragon... son héritière... pour lui succéder...

Les genoux de Wondeur fléchissent. Elle s'affale de tout son long sur le sofa et s'endort sur-le-champ.

Attendrie, Faye lui murmure:

— Quand tu te réveilleras, je t'expliquerai...

D'un édredon de plumes, la magicienne couvre doucement sa protégée. Wondeur rêve qu'elle plane dans l'azur.

Table des matières

Achevé d'imprimer
sur les presses de Litho Acme inc.